Collection

d'anciennes

Faïences de Sinceny

de

Feu M. le Docteur Warmont

IMPRIMERIE MAULDE ET RENOU

A. MAULDE & Cie

IMPRIMEURS DE LA COMPAGNIE DES COMMISSAIRES-PRISEURS

Rue de Rivoli, 144. — Paris

CATALOGUE

DES ANCIENNES

FAÏENCES DE SINCENY

ROUEN, NEVERS, DELFT

ET AUTRES FABRIQUES

LIVRES SUR LA CÉRAMIQUE

ET LES BEAUX-ARTS

COMPOSANT LA COLLECTION

De feu M. le Dr WARMONT

DONT LA VENTE AURA LIEU

HOTEL DROUOT, SALLE No 9

Les Jeudi 23 et Vendredi 24 Avril 1891

A DEUX HEURES

Me E. CAURA	**M. B. LASQUIN**
Commissaire-Priseur	*Expert*
Rue Vineuse, 13 (Passy)	Rue Laffitte, 12

CHEZ LESQUELS SE TROUVE LE PRÉSENT CATALOGUE

EXPOSITION PUBLIQUE

Le Mercredi 22 Avril 1891, de 1 heure 1/2 à 5 heures 1/2

PARIS — 1891

CONDITIONS DE LA VENTE

Elle sera faite au comptant.

Les Acquéreurs paieront CINQ POUR CENT en sus du prix d'adjudication.

A MAULDE et Cie, imprimeurs de la Compagnie des Commissaires-Priseurs, rue de Rivoli, 144. 500—14253

Le docteur Auguste WARMONT, dont la fin prématurée est venue affliger ses nombreux amis, était né à Nevers, le 9 mai 1827. Tout jeune, il eut sous les yeux les plus beaux spécimens, alors méconnus, de la faïence nivernaise, et cette impression première se répercuta sur toute sa vie.

Sa famille, par une coïncidence bizarre, l'avait envoye achever ses études à Paris, dans l'institution Verdot, installée dans l'ancien hôtel Carnavalet, où plus tard il devait assister à la glorification de la céramique révolutionnaire, mise en honneur par ses amis, de Liesville et Champfleury.

L'amour des livres occupait ses loisirs d'étudiant, et, alors qu'il remplissait avec talent les délicates fonctions d'interne dans l'un des grands hôpitaux de la capitale, les quais étaient sa promenade favorite : il trouvait là un aliment à ses goûts de bibliophile.

Quand il vint s'établir à Chauny, comme docteur en médecine, il se lia avec les amateurs et les érudits de la localité; il devint le correspondant de diverses associations savantes, réservant toutefois ses plus précieuses communications pour le Comité archéologique de Noyon.

C'est alors qu'il devint le médecin du baron de Théis, l'ancien ambassadeur, qui avait réuni en son château de l'Aventure les objets les plus variés, meubles, émaux, faïences, verreries et curiosités de toute espèce. L'excellent baron, qui avait une dette à payer au savant qui prolongeait ses jours, s'acquitta au centuple; il le fit collectionneur. Les leçons de cet homme de goût eurent la plus heureuse influence sur l'esprit de Warmont; il puisa dans ses entretiens avec ce remarquable causeur un amour plus affiné des choses de la curiosité, et tous deux, à l'envi, s'éprirent d'une même passion pour une faïence française exquise, celle de Sinceny, qui était née en plein dix-huitième siècle dans le pays même.

Mais, il appartenait au docteur Warmont d'écrire l'histoire vivante de cette petite manufacture, d'où se sont envolées tant de créations originales, œuvres fantasques et personnelles, jusqu'à ce jour injustement confondues dans le groupe des faïences de Rouen.

Les *Recherches historiques sur les faïences de Sinceny* datent de 1864, et l'intérêt de ce livre fut tel qu'un second tirage, épuisé bientôt comme le premier, fut nécessaire pour répondre aux demandes des céramographes de tous les pays.

Fondée dès 1734, la fabrique de Sinceny brilla du plus vif éclat sous l'impulsion du seigneur du lieu, J.-B. de Fayard, gouverneur de Chauny : elle a produit beaucoup, et alimentait surtout les lieux circonvoisins. Aussi, le docteur, qui soignait force bonnes gens dans la campagne, réunit-il en peu de temps une collection sérieuse, où abondaient les échantillons marqués, signés ou datés.

Ce cabinet est, par conséquent, celui d'un érudit, d'un travailleur. Il est fait de documents d'histoire; c'est le matériel d'un chantier, qui a servi pour la confection d'un bon et savant livre, plutôt qu'un musée de fastueux objets d'art. On y trouve, depuis les origines jusqu'à la déchéance de la manufacture, des jalons céramiques solides, capables de maintenir, dans la ligne droite d'un discernement rigoureux, ceux qui poursuivent aujourd'hui, dans le hasard des enchères, les épaves amusantes de la vieille usine picarde.

Après vingt années de labeurs et de recherches, le docteur Warmont s'installa à Paris, désireux de jouir d'un repos bien gagné, et de défendre sa liberté contre ceux qui voulaient le forcer encore à faire de la médecine. Il ne voulait plus faire autre chose que battre le pavé parisien, fureter au fond des boutiques ignorées, faire bavarder les marchands, qu'il connaissait tous et qu'il soignait gratis à l'occasion, qu'il avait si bien fatigués par sa persévérance à s'enquérir, avant tout, de la faïence, objet de ses rêves, qu'ils l'avaient familièrement surnommé « le père Sinceny ».

Quelles bonnes flâneries instructives! Que d'aperçus ingénieux en découlaient dans ces heures qui passaient si vite! Je garde, quant à moi, le souvenir le plus attachant de ces humoristiques promenades, quand nous partions ensemble, sans plan, ni sans itinéraire, à la recherche de l'inconnu!

Quand le Sinceny se raréfia, le docteur Warmont se souvint de la ville qui avait été son berceau. Il se rappela qu'il avait vu jadis, dans des intérieurs bourgeois, jalousement gardés sous des globes de pendules, certains petits bonshommes en émail, qui avaient fait naguère la gloire de Nevers, et la joie des voyageurs qui traversaient la ville au temps des diligences. Pendant le relai des chevaux, on venait offrir aux étrangers des bergers minuscules, des soubrettes fardées, des saints et

2.

des saintes, des dieux et des déesses, petits chefs-d'œuvre éclos à la flamme du chalumeau. S'inspirant de l'idée qu'il n'y a rien de petit en matière d'art, ou plutôt que l'art grandit tout ce qu'il touche, il publia en 1887 les *Notes pour servir à l'Histoire des Émaux de Nevers*, véritable opuscule de bibliophile, où sont reproduits et dessinés par M. Renard des types variés et bien choisis de cette fabrication disparue.

Le docteur ne cessait, en outre, de collaborer au *Journal de Chauny*.

Il a publié dans ces dernières années de nombreux articles, ayant presque tous la céramique pour objectif : *Les brocs en faïence de Rouy ; l'Hôtel Drouot, experts et marchands ;* et une variété remarquable *Tanagra*, consacrée à la superbe statue de Gérôme, qui fut, pour lui comme pour nous-même, le « clou » du Salon de 1890.

Le *Patriote de Normandie* avait aussi le bénéfice des communications du savant écrivain. Nous n'aurions garde d'oublier de citer ici une étude approfondie sur *Une Collection parisienne*, celle de M. Antiq, l'amateur délicat, bien connu des habitués de l'Hôtel des Ventes ; de même que des *Notes sur l'histoire de la saignée*, esquisse rapide pleine de faits et d'érudition de bon aloi.

Quant on jette les yeux sur les 400 pièces rassemblées dans la salle 9, et que Mᵉ Caura présente aux enchères, on retrouve force vieilles connaissances rencontrées jadis dans les expositions rétrospectives.

Le passé de Sinceny revit là tout entier. Voilà toutes les

faïences avec marques et monogrammes, qui ont figuré dans l'ouvrage dont nous avons parlé plus haut.

D'abord, celles en bleu de la première période d'imitation rouennaise, telles que le sucrier (nº 8); puis celles de la deuxième époque, inspirées de la tradition orientale, l'assiette au chinois (nº 108), le plat polychrome (nº 27), où voguent dans une barque fantaisiste deux habitants d'un Céleste-Empire excentrique. Enfin, les dernières, le plat à barbe de Desbanc, garde à Coucy (nº 68), l'assiette aux roses jaunes (nº 60), le saladier à décor strasbourgeois (nº 77).

Voilà aussi le damier (nº 64), pièce bien peu commune, le tonnelet (nº 58), que son possesseur appréciait tant, le petit livre au nom de Denis Guilbert (nº 45), la paire de lions (nº 43) aux armes parlantes des Fayard, seigneurs de Sinceny.

En dehors et à côté de ce groupe spécial, mentionnons aussi de très bons spécimens appartenant aux meilleures fabriques : quelques plats rouennais *à la corne*, et surtout une bouquetière, forme console, décorée en bleu-lapis, avec rehauts polychromes d'une éclatante tonalité.

Deux plats des Islettes (nºs 118 et 119), dont l'un représente un hussard en tenue de parade et dont l'autre est orné d'une corbeille de fleurs, sont deux maitresses pièces d'une grande vigueur et d'une parfaite conservation.

Il y a aussi une toute petite potiche de Delft, décor jaune à imbrications sur un fond chocolat (nº 122), que se disputeront les spécialistes. C'est un échantillon rarissime à fond noir, tel que ceux de la collection Fétis.

Je n'aurais garde de passer sous silence une canette en étain du seizième siècle, en cours de fabrication (nº 130), et encore montée sur son mandrin pour être soumise au tour: elle pourrait bien provenir de l'atelier Briot, l'un des orfèvres de François Ier. Voilà encore une de ces curieuses épaves, que nous avons trouvées dans l'une de nos courses errantes au cœur du vieux bric-à-brac parisien, et qui méritait bien d'être ramassée!

Les livres sur la céramique closent le présent catalogue.

Très riche en ouvrages tirés à petit nombre et pour la plupart épuisés, la bibliothèque du docteur Warmont est très bien composée. Plus d'un amateur y trouvera des publications avec planches devenues fort rares, et pourra combler des vides dans une série qu'il est malaisé de compléter aujourd'hui en librairie.

GUSTAVE GOUELLAIN.

DÉSIGNATION

FAIENCES DE SINCENY (1)

1 — Porte-Bouquet, décor rouennais archaïque en camaïeu bleu. Marque ·S.

2 — Grand Plat rond à bord festonné : bordure bleue et corbeille fleurie au centre, décor de style rouennais. Marque ·S.

3 — Plat octogone. décor rouennais primitif en camaïeu bleu : une bannette au centre. Marque ·S.

4 — Plat long à pans coupés; bordure bleue et corbeille fleurie au centre; décor de style rouennais. Signé J. B. (Joseph Bedeaux.)

5 — Petit Plat long à pans coupés, décor rouennais primitif en camaïeu bleu. Marque S et une croix.

(1) Le présent Catalogue a été dressé en grande partie d'après les renseignements laissés par M. le Dr Warmont.

6 — Petit Plat semblable au précédent, décor bleu et rouge. Marque ·S.

7 — Petit Plat long à pans coupés, décor rouennais primitif en camaïeu bleu. Marque S.

8 — Vase conique, Sucrier à saupoudrer; orifice à pas de vis, décor rouennais bleu et rouge à lambrequins. Marque ·S. — Cette pièce est reproduite dans les *Recherches historiques sur les faïences de Sinceny*, par le docteur A. Warmont.

9 — Petit Moutardier à couvercle : décor rouennais en rouge et bleu.

10 — Fontaine de petite dimension, décor rouennais rouge et bleu à pilastres : sur la panse, une touffe de fleurs. Signée $\frac{D}{S}$. Monture en étain.

11-12 — Deux Assiettes de pâte épaisse, décor polychrome à l'imitation de Rouen : branches fleuries, œillets, papillons, oiseaux à plumage jaune et vert. L'une marquée ·S, a été reproduite dans la deuxième édition de l'*Histoire de la Céramique*. par Édouard Garnier. Pl. VII.

13 — Bouquetière d'applique, décor polychrome : deux oiseaux à plumage jaune et vert perchés sur une branche d'œillets fleuris. Signé ·S.

14 — Grand Couvercle de légumier ovale, surmonté d'un serpent vert enroulé. Riche décor genre rocaille : branches fleuries, oiseaux à plumage jaune et vert.

15 — Légumier ovale, orné de mascarons en relief aux deux extrémités, le couvercle est surmonté d'un serpent vert enroulé, décor polychrome de style

rouennais. Marque ·S. — Cette pièce pèche par des manques d'émail. Cet accident de fabrication est commun dans les faïences de Sinceny.

16-17 — Cuvette oblongue à deux anses et paire de bouquetières, décor polychrome : oiseaux à plumage jaune et vert perchés sur des massifs du genre rocaille et entourés d'œillets rouges et bleus.

18 — Pot à eau, décor polychrome : oiseaux à plumage jaune et vert perchés sur des massifs du genre rocaille et entourés d'œillets rouges et bleus. — Ce pot a reçu un couvercle maintenu par une charnière d'étain qui n'est pas du même décor.

19 — Plat à barbe décoré au pourtour d'une guirlande polychrome sur laquelle sont perchés des oiseaux à plumage jaune et vert sur une corbeille garnie de fleurs et de fruits. Marque ·S. — Ce plat a fait partie de la collection J. Lecocq, qui l'a fait représenter dans la planche VI de son livre *Histoire des fabriques de faïence de la Haute-Picardie.*

20 — Compotier à huit pans, décor polychrome : sur les bords alternent le quadrillé vert rehaussé d'une demi-corolle de fleur à pétales jaunes et rouges du genre chrysanthème et des médaillons fleuris; le centre est occupé par un bouquet. Marque ·S. — Cette pièce intéressante a été acquise à la vente de Lepage, un des derniers directeurs de la manufacture de Sinceny.

21 — Pot à eau, décor polychrome à lambrequins et à cartouches quadrillés dans le goût rouennais.

22 — Statuette de Chinois à demi-agenouillé portant sur les mains une coquille de laquelle émerge une bobêche.

23 — Plat rond, décor polychrome dans le goût japonais : massifs de fleurs, etc. Marque ·S.

24 — Écritoire à deux godets; décor polychrome : petits Chinois, maisonnettes, palmiers, etc. Marque S.

25 — Petite Théière, décor polychrome : sur l'une des faces, trois petits Chinois; sur l'autre, décor dit à la grenade. Marque ·S.

26 — Plat ovale, décor polychrome, branches fleuries, œillets, oiseaux; au centre, un jeune Chinois chevauche sur une monture violette. Marque S.

27 — Plat ovale, décor polychrome. Deux Chinois en barque, l'un d'eux tient les rames, l'autre chasse à à l'arc; oiseaux, plantes d'eau, etc. Marque ·S. — Ce plat est reproduit dans les *Recherches historiques* de M. le docteur Warmont.

28 — Cuvete oblongue à huit pans, décor polychrome gros œillets et petits Chinois; au revers de la pièce, décor de fleurettes, marque S. Il est très rare de rencontrer des faïences de Sinceny qui soient décorées au revers.

29 — Vase à piédouche, dans un paysage un personnage à robe jaune moucheté de noir. Marque S.

30 — Petit Plat long à pans coupés, décor polychrome : une Chinoise tenant un parasol, en premenade avec un enfant, se dirige vers une habitation couverte de tuiles jaunes. Des arbres, des oiseaux, des papillons, complètent le décor. Marque S.

31 — Assiette, décor polychrome : Personnage chinois sous un parasol semble offrir un fruit à un autre chinois assis sur un siège élevé, chardons, branches fleuries, oiseaux, etc. Marque S.

32 — Plat ovale, décor polychrome : coquilles, fleurs et fruits sur lesquels un oiseau à plumage jaune et vert.

33 — Porte-Montre, décor polychrome : coquilles, oiseau à plumage jaune et vert, œillets.

34 — Deux Compotiers à huit pans, décor polychrome à fleurs dans le goût de Rouen.

35 — Petit Saladier rond, à bord festonné, décor polychrome à fleurs dans le goût rouennais.

36-37 — Paire de Burettes avec porte-burettes, décor polychrome rouennais et une paire de burettes plus petites.

38 — Saucière à bords plats, décor polychrome à fleurettes de style rouennais.

39 — Grande Soupière ronde et son Plat, décor quadrillé vert, rehaussé de fleurettes rouges à l'imitation de Rouen.

40 — Grand Plat rond à bordure quadrillée verte, au centre, oiseau jaune et vert perché.

41 — Cuvette oblongue, décor polychrome dit à la corne à l'imitation de Rouen : oiseaux à plumage jaune et vert.

42 — Ecritoire composée d'un godet conique, sur plateau rond, en faïence blanche sans décor. Marque au revers *Sinceny*.

43 — Deux Lions assis, sur socle d'un bleu vif, une patte posée sur un écusson, l'un aux armes parlantes de Fayard, Seigneur de Sinceny (un hêtre fagus), l'autre fleurdelisé. Marque ·S.

44 — Ecuelle à deux anses, décor polychrome : branches d'œillets fleuris et oiseaux.

45 — Chauffe-Mains à eau, en forme de livre. Les plats du livre sont ornés de guirlandes de fleurs sino-rouennaises qui entourent deux petites bouches de chaleur en forme de rosaces. Sur le dos on lit : *Liber Ludovici Guilbert, 1758*, au-dessous de cette inscription sont dessinés, sommairement, deux pistolets en croix et une poire à poudre.

46 — Pichet, dit en Picardie : Bacchus, représentant un homme assis sur un tonneau, revêtu d'une veste à décor polychrome.

47 — Pichet de même forme que le précédent, sa veste plus simple de décor, est semée de fleurettes.

48 — Porte-Bouquet applique, décor polychrome à fleurs.

49 — Ecuelle, décor polychrome à guirlandes de fleurs de style rouennais, sur le couvercle, branchages en relief.

50 — Compotier carré à coins arrondis, décor polychrome à oiseaux, branchages et papillons.

51 — Assiette à bordure quadrillée verte, et fleurettes, perroquets et grenade au centre.

52 — Grande Cuve conique à deux anses, décor polychrome ; grand oiseau jaune et vert perché sur un massif de style rocaile et entouré de rameaux fleuris.

53 — Bouquetière d'applique, décor polychrome, oiseau posé sur une grenade.

54 — Compotier à huit pans, décor polychrome, marli quadrillé vert, au centre, un oiseau jaune et vert, entouré de six fleurettes symétriques.

55 — Compotier carré, décor polychrome, analogue au précédent.

56 — Assiette, décor polychrome, à branches de fleurs sortant d'un massif. Marque S.

57 — Vase cylindro-conique, de même décor que l'assiette qui précède. Marque S.

58 — Barillet à liqueurs, à deux compartiments séparés par une cloison médiane, décor à branches fleuries sortant d'un massif. De la même famille que les deux pièces précédentes. Ce décor très élégant figure sur un certain nombre de pièces exceptionnelles et faites, sans doute, sur commande.

59 — Assiette décorée d'un bouquet de roses jaunes et myosotis. — Ces faïences de Sinceny, peu connues, ont été décorées par Bertrand, sous la direction artistique d'un certain Landsberg, peintre de fleurs hollandais.

60 — Assiette à roses jaunes. Au fond, un bouquet, à la naissance du marli, cordon jaune semé de fleurettes.

61 — Plat ovale, décoré de bouquets de roses jaunes et fleurettes bleues, un au centre et quatre plus petits sur les bords.

62 — Écuelle à bouillon, à couvercle surmonté d'une petite pomme, décor à roses jaunes.

63 — Assiette, décor polychrome, au centre, un médaillon suspendu par des rubans jaunes, agrémenté de

roses jaunes et blanches et de feuillages verts; représente une scène de famille, enfants groupés autour de leur mère.

64 — Table d'échiquier, à cases bleues et blanches, entourées de branchages fleuris et de papillons, décor polychrome.

65 — Assiette, décor polychrome, au centre, une panoplie : casque, cuirasse, etc.

66 — Plat à barbe, décor polychrome, fleurs et personnages, avec cette inscription : *Jean-Louis, 1782*.

67 — Plat à barbe. Sur un fond granité jaune se détachent quatre médaillons dans lesquels est représenté, sous divers aspects le château de l'Aventure. — Dans un médaillon plus petit, au-dessus de l'échancrure, on lit les initiales L.-K. (Le Cat).

68 — Plat à barbe de Desbanc, garde de Coucy, 1785. Décor polychrome, le destinataire est représenté chassant le cerf en forêt. — Cette pièce est reproduite dans l'ouvrage de M. le Dr Warmont.

69 — Ecritoire à deux godets et à plateau, décor polychrome à fleurs, dans le goût de Rouen. Sur le plateau sont représentés un canif et une plume en sautoir et des pains à cacheter.

70 — Cadran d'horloge, décor polychrome.

71-72 — Douze Carreaux, dont deux avec inscriptions.

73 — Saladier, décor au feu de réverbère, dans le genre de Strasbourg; au fond, un chinois tenant un parasol. — Marque S. C. Y.

74 — Deux Plats ronds, décorés de roses vertes.

75 — Saladier à bord festonné, décor de roses vertes.

76 — Bouquetière en forme de commode, décor polychrome, au feu de réverbère. Sur la partie ventrue. un enfant assis, fleurs aux angles et sur les côtés.

77 — Saladier. décoré au feu de réverbère, à l'imitation de Strasbourg. Au centre, sous une guirlande fleurie formant berceau : Conversation galante.

78 — Porte-Montre. décor rose. vert et jaune. au feu de réverbère. fleurs, un enfant assis. roses en relief.

79 — Assiette, décorée, au feu de réverbère. Au milieu d'un cartouche entouré de roses, on lit le nom du destinataire *Gagneur Boivin*.

80 — Assiette, décorée, sur les bords, de trois fleurettes. Au centre, dans un cartouche fleuri, on lit le nom *Anne Bertran*.

81 — Socle, en terre cuite. couronné de grosses perles et orné, à sa face, d'une branche de fleurs en haut relief.

82 — Petit Vase, oblong. à couvercle surmonté d'une pomme, divisé en deux compartiments, décor de branchages. dans le goût de Chantilly. Marque S.

83-84 — Trois Statuettes, en terre cuite peinte. l'une équestre, représentant des soldats en uniforme Louis XVI.

85 — Petite Coupe ronde, décor polychrome. représentant le moulin de Rouy. Au bas. cette inscription : *Marie-Jeanne.*

86 — Assiette, décor polychrome. Personnage en costume oriental, tenant un parasol.

87 — Paire de Poivrières, sous la forme de grenouilles.

88 — Paire de petits Chats, tachés de bleu et de violet.

89 — Grand Broc à cidre, sur la panse, un dragon à cheval, en uniforme de la fin du XVIIIe siècle : habit vert à revers jaunes et casque sans visière, on lit, en bas du broc : *Joseph*. Faïence de Rouy.

90 — Broc à cidre, fond moucheté jaune et brun, entrecoupé de filets bleus, sur la panse, large médaillon de deux personnages, l'un boiteux, l'autre bossu. Au bas, on lit l'inscription : *Jacques-Antoine Guille, versez à boire à vos amis, 1809*. Faïence de Rouy.

91 — Petit Plat long, décor polychrome, bord à quadrillé vert et fond recouvert d'une efflorescence touffue.

92 — Porte-Bouquet, décor polychrome de branches fleuries et fruits, au centre deux chinois. Signé S.

93 — Écuelle, décor polychrome, au fond, une femme, avec cette légende : *A Delle, Graux, 1817*. Faïence de Rouy.

94 — Saucière ou Ravier, de forme naviculaire, décor polychrome, au centre, deux oiseaux.

95 — Assiette, décor au feu de réverbère, dans un cartouche fleuri on lit le nom *Désiré*.

96 — Lampe rustique à godet et à bec, montée sur pied.

97 — Compotier à huit pans, décor polychrome, au centre, oiseau jaune et vert.

98 — Encrier carré à pans coupés, décor rouennais en bleu et rouge. Signé S.

99 — Soupière ronde à deux anses, décor polychrome à branches fleuries.

100 — Plat rond, décor polychrome, à fleurs, avec papillons sur le marli.

101 — Plat rond, décor polychrome, à fleurs.

102 — Bannette oblongue, sans anses, décor bleu à lambrequins au pourtour.

103 — Deux Compotiers octogones, à bordure quadrillée et corbeille au centre.

104-105 — Deux Bouquetières en forme de commodes, à décor polychrome.

106 — Pichet à cidre, décoré d'un Bacchus.

107 — Palette à saignée, décor rouennais primitif, à deux couleurs, bleu et rouge, deux oreilles, sur chacune d'elles est inscrit le chiffre 2. — Les chiffres 2 et 3 inscrits sur les pattes de ces palettes s'expliquent aisément. L'appareil instrumental de la saignée usité aux XVIIe et XVIIIe siècles comprenait trois palettes de la contenance de trois onces chacune. (Pièce rare.)

108 — Assiette décorée, au centre, d'un chinois et de trois branches de fleurs sur le bord. — Reproduite dans l'ouvrage de M. le Dr Warmont.

109 — Pièces diverses de la fabrique de Sinceny.

ROUEN

110 — Deux Plats ronds, décor polychrome, à double corne d'abondance.

111 — Jardinière-Applique, fond gros bleu, sur lequel se détachent des marguerites et des fleurettes en couleur. Pièce très rare.

112 — Porte-Huilier ovale, à riche décor en bleu et rouille, muni de deux anses, têtes de lions, en relief.

113 — Assiettes de divers décors.

NEVERS

114 — Bouteille à grosse panse à deux têtes de boucs en relief et décorée de deux médaillons paysage et figure en bleu jaune et vert.

115 — Petit Broc, fond gros bleu tacheté de blanc.

MOUSTIERS

116 — Assiettes et Plats de décor variés en couleur et en bleu, à grotesques et armoiries.

SAINT-AMAND

117 — Assiette et Compotier à fleurs sur fond bleuté avec réserves de fleurettes d'émail blanc.

ISLETTES

118 — Plat rond, au centre un hussard en grande tenue dans un paysage.

119 — Plat rond, corbeille de fleurs au centre sur un piédestal imitant le marbre.

STRASBOURG

120 — Corbeille ajourée en faïence de Strasbourg portant la marque de Hanongue.

121 — Deux Compotiers carrés décorés de roses. Marque de Hanongue.

DELFT

122 — Petite Potiche fond brun à décor d'arbuste en jaune dans un encadrement rocaille en relief. Pièce rare.

123 — Flacon à thé de forme carrée, décor bleu à sujets d'intérieur sur les deux faces et fleurs sur les côtés.

124 — Assiettes de divers décors polychrome et bleu, sujets de figures et ornements.

FAIENCES NON CATALOGUÉES

125 — Environ 200 Pièces des diverses fabriques françaises.

PORCELAINES

126 — Belle Coupe à couvercle de forme ovale en ancienne porcelaine de Chine, décorée extérieurement et intérieurement en émaux de la famille verte.

127 — Cache-Pot en ancienne porcelaine tendre de Chantilly, décoré de fleurs en couleurs.

128 — Assiettes en porcelaine du Japon.

129 — Assiette en porcelaine de Vienne, décor genre Barbeau.

DIVERS

130 — Canette en étain en cours de fabrication, encore montée sur son mandrin. Elle est ornée de quatre médaillons à figures allégoriques dans des ornements d'entrelacs. Pièce intéressante. Attribuée à Briot.

131 — Lame d'épée trouvée dans la Somme.

132 — Grande Crémaillière en fonte.

133 — Statuette d'Égyptienne, terre cuite du XVIIIe siècle.

134 — Deux Momies égyptiennes, en terre émaillée.

LIVRES

Livres sur la Céramique, tels que : Albert Jacquemart, Histoire de la Céramique. — Jacquemart et Leblant, Histoire de la Porcelaine. — Dubroc de Legrange, La Faïence et les Faïenciers et les Émailleurs. — Jules et

GEORGES LECOCQ, Histoire des fabriques de Faïence et de Poterie de la Haute-Picardie. — BENJAMIN FILLON, l'Art de terre chez les Poitevins. — ANDRÉ POTTIER, Histoire de la Faïence de Rouen. — MARRYAT, Histoire des Poteries, Faïences et Porcelaines. — DUHAMEL DU MONCEAU, l'Art du Pottier de terre, 1773. — LE VIEL, l'Art de la Peinture sur verre.— CHAMFLEURY, Faïences patriotiques. — EDOUARD FORESTIÉ, Les Anciennes Faïenceries de Montauban. — GRESLOU, Recherches sur la Céramique. — HAVARD, La Faïence de Delft. — DAVILLIER, Histoire des Faïences hispano-moresques. — Dr LEJEAL, Recherches historiques sur les manufactures de Faïence et de Porcelaine de l'arrondissement de Valenciennes. — CLÉMENT DE RIS, Les Amateurs d'autrefois. — C. COUSIN, Voyage dans mon Grenier. — GEORGES MUSSET, Les Faïenceries rochelaises. — CHAMPFLEURY, Bibliographie Céramique. — EUGÈNE SOIL, Recherches sur les anciennes Porcelaines de Tournay. — FOURMY, Mémoires sur les ouvrages de terre cuite, etc., etc. — Catalogues de Ventes, de Musées et d'Expositions locales.

www.ingramcontent.com/pod-product-compliance
Ingram Content Group UK Ltd.
Pitfield, Milton Keynes, MK11 3LW, UK
UKHW021044260726
13994UKWH00005B/2340